O senhor
agora vai
mudar
de corpo

RAIMUNDO CARRERO

O senhor agora vai mudar de corpo

2ª edição

EDITORA RECORD
RIO DE JANEIRO • SÃO PAULO
2015

CIP-BRASIL. CATALOGAÇÃO NA FONTE
SINDICATO NACIONAL DOS EDITORES DE LIVROS, RJ

C311s
2ª ed.
Carrero, Raimundo, 1947-
O senhor agora vai mudar de corpo / Raimundo Carrero. – 2ª ed. – Rio de Janeiro: Record, 2015.

ISBN 978-85-01-10283-6

1. Romance brasileiro. I. Título.

14-17364

CDD: 869.93
CDU: 821.134.3(81)-3

Copyright © Raimundo Carrero, 2015

Capa: Jaíne Cintra

Texto revisado segundo o novo Acordo Ortográfico da Língua Portuguesa.

Direitos exclusivos desta edição reservados pela
EDITORA RECORD LTDA.
Rua Argentina, 171 – 20921-380 – Rio de Janeiro, RJ – Tel.: 2585-2000.

Impresso no Brasil

ISBN 978-85-01-10283-6

Seja um leitor preferencial Record.
Cadastre-se e receba informações sobre
nossos lançamentos e nossas promoções.

EDITORA AFILIADA

Atendimento e venda direta ao leitor:
mdireto@record.com.br ou (21) 2585-2002.

Este livro é de Marilena, pelo amor e pelo cuidado
Para meus filhos, Rodrigo e Diego
Para Maria Nina e Maria Helena, netas
Para meu neto Bentinho Sato

O corpo é a única certeza que nos acompanha desde o nascimento até a morte.

CLARICE LISPECTOR

O corpo e o crime

— O SENHOR AGORA vai mudar de corpo.

A cuidadora diz, sem risos, depois que o Escritor consegue ficar em pé, ainda se equilibrando, tombando à direita, à esquerda, indeciso, mesmo sem caminhar.

A frase curta, punhal de espanto e medo, atravessa os ouvidos. O poço fundo e escuro da morte se abre. Havia em todos esses dias a expectativa de sua presença, indesejada e fria. Atônito, confuso, inquieto, que corpo?, perguntaria, arrumando a roupa. Dali, pela janela do quarto no terceiro andar do prédio, ainda de bermuda, a fechar os botões da camisa, vê o grupo se aproximando, à frente o Velho pequeno e trêmulo, cabelo molhado, responsável pelo séquito que o segue, esfregando as mãos com força, a cabeça erguida, ar de dignidade, de quem enfrenta a corrupção do mundo, em seguida o Homem Gordo subindo a ladeira, ladeado pelo Anão de pernas pequenas quase se arrastando na calçada, e, logo atrás, um Homem Alto, muito alto, magro, bem magro, usaria pernas de pau?, abrindo e fechando os braços, tentaria voar? E ainda um pouco mais atrás, feito quem patina no gelo, vinha a Mulher Grávida. Qual dos cinco lhe mataria? Ou os cinco juntos, ao mesmo tempo? Modelos do seu corpo mudado. Senta-se na cama, o suor porejando na testa. Talvez estivesse trêmulo. Procura o lenço, não com as mãos paralisadas e tortas, apenas com os olhos, os agitados olhos que já agora se mostram indormidos. O lado esquerdo recusa-se a se mover desde aquela noite de outubro, quando acordou com o corpo rebelado, o lado esquerdo inativo, a perna rija, os músculos indomáveis. Vieram as noites so-litárias, acordado, vendo as aranhas passarem no teto, ainda no hospital. E as madrugadas acumu-lando perigos. Não lhe faltava o desejo de retornar aos dias e às noites vagabundas. Ao sol e à lua. Ao uísque e à cerveja.

O Homem Gordo parou de súbito — ele vê por-que não cessa de observar — e gritou com o Anão, que lhe pareceu bem menor e ainda mais encolhido, rastejando, sem pernas, um homem sem pernas, somítico, com as mãos na cabeça. Um anão, seria um anão? O peito, pequeno e proeminente, começou a sangrar. A mancha vermelha crescia no peito esquerdo do homenzinho, até que ele dobrou o corpo e, quase transformado numa bola de sangue, caiu. Só naquele instante percebe que o homem tem uma faca na mão — a lâmina tremeluzia, mesmo manchada. E depois gotejava sangue. Escutou gritos, pessoas se aproximando dos homens, e o Gordo que se afastava. Só agora percebe que ele manca. Sem dúvida, o Homem Magro viria matá-lo. Justo naquela manhã de sol estalando nas praças onde começava a recuperar os movimentos, sentando-se e levantando-se com alguma leveza. Ainda tão longe da recuperação completa.

— Por que o senhor está branco e mudo? — Ela é que empalidecia, a boca aberta num esgar de medo e pavor.

— Você não está ouvindo nada? — O Escritor tenta entender o instante de agonia e sombra sem tirar os olhos da janela, sempre acompanhando o movimento da trupe que se matava, mas ninguém socorria o Anão ferido.

— Hein?

— Este barulho todo, e não ouve nada?

— Hein?

— Olhe pela janela.

A moça olhou e disse ajeitando os cabelos com as mãos:

— Está um belo dia, não é? — O sol despojava-se pela janela e se esparramava nas calçadas e nas árvores, cingindo de luz a manhã antes acinzentada. Era o primeiro sol do dia, que nem parecia sujo de sangue.

— Não estou falando do sol, falo da morte. Aliás, do assassinato. Você não ouve nem vê?

Ela começou a lavar as mãos na bacia que a outra cuidadora lhe entregara.

— O senhor não está nada bem hoje, não é?

— Eu só estou mudando de corpo, feito as cobras que mudam de pele, não foi o que você me disse...?

As duas empregadas riram. Eram Expedita, a gorda, e Expedita, a magra, servidoras da família desde muito tempo, desde Ernesto e Dolores, a raiz da casa, e agora serviam ao casal de intelectuais, sobretudo ao Escritor recentemente atingido pelo acidente vascular cerebral — AVC —, com o lado esquerdo imóvel e incríveis dores na coluna. Expedita magra insistia:

— Não está acontecendo nada de anormal, basta ver aquele palhaço dançando na rua, seguido dos meninos voltando da escola.

Expedita, a gorda, se interessou, ficou de pé, quase na ponta dos pés, e gargalhava. O Palhaço era o Homem Magro, bem magro, sem cintura e de ombros levantados, vestido numa saia colorida. Ela contou tudo ao Escritor, que só depois recomeçou a olhar e a se divertir.

Ria, também ele ria. O Escritor ria e batia palmas, imitando a cuidadora. Daí a pouco a esposa entrou na sala, tão iluminada pelo sol, trazendo o tensiômetro.

— Por que riem desta forma? Podem incomodar os vizinhos!

Também ela olhou pela janela, e lá estavam eles, o Gordo, o Magro, o Velho, o Anão e a Mulher Grávida. Ela mesma disse, após testemunhar:

— Qual deles é o mais palhaço? Está na hora de medir a pressão. — Não quis acreditar quando viu o Anão tentando arrancar a faca que lhe fora enterrada no peito pelo gordo. — Aquele homem já devia estar morto.

— O Anão, a senhora fala do Anão?

— É, sim. Um anão não é um homem, é um anão.

Expedita, a magra, falou, cobrindo a boca com a mão, de tanto rir:

— Anão ou homem, ele está morrendo.

No instante seguinte, os homens deixaram de se exibir, e o Escritor senta-se para medir a pressão. A mulher aproveitou o silêncio para dizer:

— Hoje é um dia triste. — E desta vez não escutou risadas. — Um dia muito triste.

As duas Expeditas recomeçaram a rir. Todos já estavam se acostumando quando a Gorda lembrou que o Anão tinha saído com a faca enfiada no peito, mas não morreu.

— Não é possível. Ele não morreu?

— Não, não morreu.

— Como é que você sabe? — A mulher estava colocando o tensiômetro, outra vez, no braço do Escritor.

— Daqui de cima não vi enterro nem nada. Nem mesmo juntou gente.

— Ninguém falou em enterro.

Neste instante, ele ouve o som metálico do frevo e a luz do sol multiplicando-se em muitas bolas de fogo, queimando as árvores e incendiando o céu empestado de fuligem e poluição do Recife, agora transformado num mundo de ansiedade e espera, algo que se aproxima muito do arco de desolação que se estende no horizonte de prédios e gigantes que ocupam a paisagem da cidade. Um mundo de ferro, cimento e pedra.

O corpo e as sombras

A NOITE COMEÇA. O Escritor, sombra que se arrasta na calçada desigual cheia de buracos, atravessa a rua salpicada de lâmpadas acesas em postes que lembram coqueiros sem folhas e sem frutos. Procura chegar em casa feito um animal acossado. Busca se distanciar dos perseguidores que surgem nas portas e nas janelas com olhares fixos e inquiridores. Eles não falam, nada perguntam, mas estão sempre próximos, bem próximos, pernas e mãos que se movimentam com violência. Por que querem matá-lo? A quem interessa sua morte? Será apenas um tiro, ou uma fuzilaria? Ou bastará uma punhalada no peito? Arrasta-se até uma marquise para respirar fundo e vê, na calçada oposta, um homem gritar e ameaçar outro homem que tenta correr, numa pantomima sem vozes e sem ruídos, filme mudo que se exibe bem aos seus pés. Pode se afastar e correr também. Basta negar aos olhos o vigor das imagens e sumir. Sai da marquise e anda. Anda com a respiração sôfrega. Mais um pouco, e estará na rua onde mora e, ainda mais próximo, o prédio com nome de mulher.

Entra numa rua estreita e curta, onde não há casas com quintais, jardins e fruteiras, mas apenas espectros de prédios magros, bem magros, esqueléticos, apontando para as nuvens encobertas pelo negror da noite. Vê, num susto de apreensão e assombro, uma nuvem de morcegos que sobrevoa o espantoso bairro do Rosarinho. A noite inquieta e muitas vezes trágica do Recife se mantém misteriosa diante destes morcegos que formam teias e gradeados, próximos já de outra nuvem que se anuncia e chega aos prédios — a nuvem de andorinhas, exércitos sóbrios que avançam para o corpo agitado e confuso do Escritor. Não basta chegar em casa. Não, não basta, ele sabe. Agora, é preciso fugir para onde não haja perseguidores, nem morcegos, nem andorinhas. É possível distinguir os morcegos das andorinhas porque elas fazem voos rasantes, traçam círculos, curvas e pousam, elegantes, nos fios de alta-tensão, enquanto eles batem asas, fazem barulhos e se penduram nas árvores de cabeça para baixo.

O Escritor anda. Inquieto, triste, confuso, anda, o Escritor anda. Confere cada passada e cada gesto, porque não quer se extraviar. Na esquina, surge o Homem Gordo, e ele recua — mais um passo, menos um passo. E, quanto mais se esforça, mais fica diante de si mesmo, jogo de espelhos que se agita nas entranhas, as imagens múltiplas de homens, bichos e monstros, até chegar em casa para o banho, para o jantar e para o sono, se é possível convidar os sinos do sono para acompanhá-lo. Para embalá-lo na noite medonha. Não tem sonhos nem pesadelos, as sombras multiplicadas da madrugada, a madrugada que é o bordado das sombras, e, dentro das sombras, os pensamentos, o sabor no segredo da fruta. Ele conhece a velha sentença embalando o corpo antigo, as sombras bordadas formam o tecido da noite e vão encontrá-lo já abrindo os olhos para ver as luzes azuis da manhã que se aproxima. Ele sabe, sabe e conhece muito bem, desde criança, que a luz azul é o começo da manhã. Toda manhã começa azul para se tornar amarela, quando é completa e domina o mundo. Sente alívio porque não encontra, de imediato, nem os morcegos, nem as andorinhas, nem os homens, nem os monstros. O corpo esparramado na cama, e não sente a perna esquerda, não sente o braço esquerdo, e não sente a mão. Tenta se sentar, mas o corpo não lhe obedece. Não existe mal-estar. Nem vômitos, dores ou febre. Muito, muito pelo contrário: há uma sensação de alívio, de preguiça, de sono incompleto, o corpo flutuante e solto, eufórico. Se não existisse outra palavra, poderia dizer que está feliz, dessa felicidade que é acordar ao lado da amada, a pele saudável e cheirosa. Porque ela está ali no seu sono de mulher serena: os cabelos negros derramados no travesseiro, o rosto pacífico de olhos fechados, a leveza de uma respiração de brisa. Uma pena, uma grande pena ter de acordá-la, de chamá-la pelo nome e dizer "Acorda". Mas é preciso, porque, apesar da doçura da manhã azul, o corpo não obedece. Agora, já não tem mais escrúpulos. Chama-a pelo nome e, mais uma vez, definitivamente, impulsiona o corpo. Coisa esquisita isto de sentir o corpo sem movimentos, sem agilidade, sem força. Tenta um pulo, cai sobre a mulher, que resmunga alguma coisa:

— O que é isso?

Parece responder:

— Estou sem forças.

Ela o afasta com vigor, mas sem agressividade.

— Você está sofrendo um AVC... Vamos para o hospital.

Enquanto ela sai para providenciar a ambulância, o Escritor tenta se movimentar na cama, mas não consegue. Chega a tocar no lençol com a mão direita. Com os olhos, procura a luz azul ou qualquer outra que possa orientá-lo. Nada, não vê nada. A mulher, com a tranquilidade de quem comanda a manhã de susto, retorna já envolvida em preparativos, à sua maneira sempre segura e terna, sem desespero:

— Fique calmo, que o socorro está chegando.

— Quando chega?

— Mais rápido do que imediatamente.

Ele está jogado entre travesseiros e lençóis, começando a rezar. Acredita sinceramente em Jesus Cristo, na Virgem Santa, no Divino Espírito Santo, no Pai Eterno, e permanece quieto. Nenhuma dor, nenhuma angústia. Talvez um tanto de ansiedade sem perguntas. Não demora muito, não demora nada, talvez dez minutos, imerso nas orações — costuma fazer sempre as rezas matinais, sempre —, ouve a ambulância chegar, antecedida pelo som convencional.

É o tempo suficiente para que a mulher saia do banheiro penteando os cabelos molhados, o cheiro de vento e mar, a ternura e a suavidade nos ombros nus. A fala, decisão de comando e firmeza, antecipa:

— Não faça nada, permaneça como está, o pessoal vem buscá-lo. E, se possível, não tente falar. Ninguém entende nem uma palavra do que você diz.

— Hum...

— Você está com o rosto desfigurado e só emite sons desarticulados.

Tempos depois, ela revelaria que, naquele instante, ele estava com a boca torta, as sobrancelhas desalinhadas, a testa franzida, a pele branca e os olhos sem vida. Acordara em meio a um pesadelo: a mulher se debatia contra um homem que lhe dera uma cotovelada numa sala de conferências. Uma dor fina percorria as costelas no instante em que acordou... Foi quando sentiu o corpo do Escritor sobre ela.

— Agora não estou vendo nada...

O Escritor já está na ambulância e não consegue entender como havia descido do terceiro andar e chegado ao veículo estacionado em frente ao prédio.

— Tudo o que posso lhe dizer, meu amigo, é que neste momento o senhor está cego. Pode ser passageiro, porque são sintomas comuns no AVC. Sem dúvida, o senhor logo vai recuperar a visão.

O médico falou sem maiores cuidados, enquanto a mulher se aproximava para ajudá-lo.

— É melhor não dizer nada. Ele, doutor, não consegue falar.

Daí em diante, os dois passam a conversar baixo, porque ela é médica também. Há ainda o enfermeiro, que se mantém quieto e atua apenas quando solicitado.

A manhã do Recife só é interrompida pelo trânsito lento. O Escritor fica constrangido ao escutar a sirene. Fecha os olhos, mesmo que não veja nada, e aguarda com a respiração suspensa a chegada ao hospital. Pela primeira vez, sente medo, muito medo. Não vê e não fala. Será assim por muito tempo? Até quando? Os pés e as mãos esfriam, logo será apenas um monte de carne e de pelos jogado sobre a cama, sem motivos para escrever uma única palavra que seja, nem para cantar um frevo no Bloco da Saudade. "Adeus, adeus minha gente...", ele gosta muito de repetir este verso da "Evocação nº 1"... E repete, e repete... A manhã do Recife, lerda e lenta é a manhã do Recife, apesar do sol quente. Permanece na ambulância, preocupado com o anúncio da dor feito pela sirene... O que não gosta deste mundo é da proclamação da dor, como se faz em todos os lugares e por qualquer motivo. Lamenta o excesso de exposição. Quando estará em condições de ver novamente os jardins, as ruas quebradas, as praças desta cidade? Quando menino, gostava de andar nas calçadas recolhendo frutos. Às vezes os comia, lavando-os nas torneiras dos jardins... Agora, é apenas um traste velho interrompendo o trânsito da cidade com o corpo falido numa ambulância barulhenta.

O corpo e as fezes

MÉDICOS E ENFERMEIROS quase não falam. Nada revelam: o segredo flutua no quarto. Rostos ansiosos, mãos nervosas. Um gemido, um ai, uma tosse. De vez em quando, cochicham, riem, gesticulam. O silêncio — sempre o silêncio, não raro os silêncios, patas da solidão impondo ansiedade e dor — arrasta-se na sala. Com um gesto, o Escritor chama a mulher encostada à parede num canto.

— Não tente falar, você não está em condições — ela diz amassando o lenço na mão direita.

Desde que chegara ao hospital, desmoronara. Toda a força de comando e decisão desaparecera, os olhos negros e fundos se encheram de lágrimas. Mesmo não parecia médica e, como qualquer mortal, apenas aguardava uma informação, uma palavra, uma notícia.

Tratava-se mesmo de um AVC isquêmico, que deixaria o Escritor fora de combate por uns bons anos, tudo dependendo da fisioterapia.

— Cego e sem fala? — ela se apressa em saber.

— Acredito que não. Vai depender da resistência orgânica e da fisioterapia, que começa agora mesmo. Vamos esperar, pelo menos, quarenta e oito horas.

Duas moças vestidas com grandes batas brancas entram e começam os exercícios, a princípio muito dolorosos. Ele grita e geme. Pouco a pouco, as dores desaparecem. O silêncio, lento e leve, aprofunda-se. Mas ele tem a sensação de que foi levado para o pátio e de que a fisioterapia é feita no chão. Calor e sol. Está convencido de que fica deitado na garagem do hospital, entre veículos estacionados.

— Não, esteja certo, não acontece nada disso. De onde vem essa ideia? Você não sai daqui do quarto. A terapia é feita aqui mesmo, onde você está. Não se preocupe.

— Recuperei a visão. Acho que posso ver direitinho.

— Felizmente. A fono está indo bem, não é?

O Escritor, enfim, conhece algum conforto. Estava apavorado com a suspeita de que ficaria sem fala e sem visão. Mas ainda teria de permanecer na UTI por mais alguns dias. Não havia data exata para a saída. Por isso se conforma com o silêncio dos médicos e das enfermeiras. Eles eram sempre silenciosos. Tudo cautela e conformismo. Aliás, uma expressão se tornara imperativa: se conforme. Teria de se conformar com tudo, porque não podia se movimentar e lhe restava obedecer. Quase sempre inquieto e rebelde, deita-se e joga a cabeça para trás, os olhos fechados. Ainda que não goste nem pretenda obedecer, terá de ficar ali, às vezes rindo, um verdadeiro estúpido. Parado e sorridente como somente os imbecis e os retardados conseguem ficar. Às vezes tentava falar, é verdade. Tentava dizer alguma coisa. Mas detestava ouvir a voz rachada, rachada e confusa, que se formava na garganta ameaçando não sair. Custava-lhe esforço. Esforço, falar exigia esforço. E isso lhe parecia horrível. Por isso não conversava. Raramente conversava — aquela conversa que se arrastava, lenta e demorada —, cada palavra era como cuspir uma pedra. Uma pedra de fogo — ele sabe. E se recolhe no silêncio do espírito, no escondido silêncio do espírito que se enche de dor e de agonia, pleno de resignação e desesperança. Mesmo assim, gosta de receber visitas, morto de vergonha, porque não consegue falar. Morto de vergonha, porque não pode falar, não pode se mover, não pode viver. Tudo é aterrador. Medonhamente aterrador. Estava com vergonha de viver. Com vergonha e com nojo. E, no entanto, causava-lhe espanto morrer.

— Por pouco, muito pouco, amigo, você não perdeu a fala definitivamente. A fonoterapia irá ajudá-lo bastante, mas seu lado esquerdo está devastado.

Ouviu, tempos depois, do neurologista, que lhe disse, ainda, que ele tivera muita sorte por ter sofrido apenas aqueles danos. O *apenas* é que não lhe agradava de jeito nenhum, porque eram danos fortes e grotescos, os movimentos contidos, ele não podia sequer andar dentro do quarto. Os pequenos movimentos eram piores, pois exigiam mais sacrifícios. Sem contar a diarreia, a insuportável diarreia, que lhe apareceu numa dessas noites indormidas. Sim, porque chegaram as fezes e, com elas, o nojo de si mesmo, o grande nojo que lhe deixava irritado, ainda que não houvesse fedentina. Bastavam as fezes, as nojentas fezes moles que se arrastavam das nádegas para os calcanhares, sujando as coxas e panturrilhas, enquanto se esforçava para chegar ao sanitário. Depois pisava nelas.

— É pesadelo, é sonho, nada disso está acontecendo. — Agora estou sendo expulso de mim mesmo.

— Não seja grotesco. Tudo isso é criação sua, você está vendo fantasmas. Comece a distinguir o que é verdade do que é pesadelo. Tudo bem, você está doente, está gravemente doente, mas não pode nem deve mentir. Você não é louco, nunca foi louco, não está louco. Todos estamos cuidando muito bem de você.

— Vocês estão vivendo comigo, mas não em mim. Não compreendem o que está se passando.

Deitado na cama, volta-se para a parede. Talvez tenha sonhado. É verdade. Lembra-se de *A morte de Ivan Ilitch*, de Tolstói, que o Escritor adaptara para o teatro fazia pouco tempo. Uma das cenas mais terríveis é justo aquela em que Guerássim, o anjo, conduz o personagem para o banheiro. O pobre homem sofria e estava morrendo, mas a medicina não podia ajudá-lo. Ninguém podia ajudá-lo... e a família se divertia nos cafés e nos teatros, gargalhando e amando. De que forma aquilo podia significar "a vida"? A vida do personagem que gemia de dor e de desesperança... A mesma desesperança que o atingia agora, ele, o Escritor devastado pela angústia de não poder reagir. Jamais reagiria. E agora as pessoas nem mesmo queriam acreditar nele... O Ivan Ilitch do destino se encastela na sua vida... Não, não é pesadelo. É a vida. Para lembrar Joyce e Clarice Lispector, ele está imerso no coração selvagem da vida. Todas as vezes em que fala em Clarice Lispector, lembra-se da protagonista da obra da autora, mas nem sempre do nome dela, Júlia, seria?, não, não consulte livro algum, lembre só, neste caso, o nome lhe é indiferente, importante é a densidade, a força, a atmosfera, a alma, o espírito, o sangue — de *Perto do coração selvagem*. Título, aliás, que a escritora foi buscar em *Retrato do artista quando jovem*, de Joyce, no momento em que Dedalus, introspectivo e apaixonado, tomado de amor incrível — veja como as palavras não resolvem: o que significaria "tomado de amor incrível"? — sente-se perto do coração selvagem da vida. Agora mesmo, com tantas dores e tantas inquietações, como seria estar perto do coração selvagem da vida? Ou perto do coração brutal da vida? Esquece, ele esquece toda esta angústia, e se volta a outra angústia, a outro tipo de angústia, a que sente na cama. Quanta angústia, quanta angústia. Deveria agora procurar uma imagem? Uma metáfora. Neste momento prefere ficar assim. Neste caso não é repetição, é reiteração.

O corpo e as aranhas

ELAS CHEGAM COM a noite indormida. Movendo-se, silenciosas, trabalhadoras, vivas. Surgem e avançam, tropeçam umas nas outras, chocam-se, soltam-se, dividem-se. Faz tempo as visitas se retiraram, a mulher dorme na outra cama, as luzes estão apagadas. O Escritor teme que a cegueira volte, então não ousa se mexer. Imóvel mas inquieto, olha fixamente para o telhado, para o forro, onde as aranhas parecem ter luz própria: exibem-se num duelo incômodo, tecem a roupa da morte. Constroem. Um grupo se desgarra e forma uma fila, avançando sobre as outras, titubeante, as pernas finas chocando-se.

A madrugada avança e ele não consegue fechar os olhos. Ele sabe: não consegue fechar os olhos porque a cegueira é uma ameaça. Enquanto estiver aí, tudo é ameaça. Não bastam as orações, as rezas: as aranhas voltam sempre, acompanhadas do medo do sofrimento, da dor, da angústia absoluta. Consegue mover apenas o lado direito — o ombro, o braço, as mãos, a perna. Aproveita para tocar no joelho, certo de que nunca mais andará com os próprios pés. Sempre que se lembra de episódios antigos, repete a frase que se encastela na mente ativa — naquele tempo eu tinha perna. Ou quando lhe mostram uma foto — me lembro, naquele tempo eu tinha perna. Esta é a frase que o incomoda, agora. E que impulsiona a inquietação da noite. Algo que vai num crescendo, crescendo, até sentir o suor nas costas. Molhado, o lençol cola na pele e o Escritor tenta se sentar. Não é fácil. A coluna queima e as pernas não obedecem, nem mesmo a direita, sempre mais solidária. Tenta os ombros, mas a pele continua colada no lençol. As aranhas crescem de tamanho, algumas parecem gigantes e duelam em busca do fio invisível que tecem na forma de tapete.

Tecem a noite, tecem o tapete, ele sabe,
tecem a mortalha, elas conhecem.

Assim mesmo, assim: caso morra ali mesmo na madrugada fria do hospital, a mortalha, a roupa negra para o sepultamento, já estará pronta. É para isso que as aranhas vêm. Desde que chegou ali, elas vêm. Ele pode até garantir que parte substancial da veste está pronta, guardada em algum lugar, talvez numa das gavetas do móvel ali no canto do quarto, guardião da cerimônia da morte. Ninguém mais deve se preocupar com isso, ninguém. Nem os presentes nem os ausentes, ninguém. Nem os filhos nem as noras, nem sequer os porteiros.

Há tréguas, sim. Alguma trégua. A noite inteira se derramará sobre o corpo. Basta fechar os olhos por um instante, alguns segundos, talvez, sente uma espécie de alívio muito leve percorrendo o sangue. Os olhos abertos, outra vez, e o fogo da mente se espalha pelo corpo, corre na veia, tensiona o coração. Daí em diante, resta observar as aranhas trabalhando na construção lenta e persistente da mortalha. Logo que estiver pronta, cerrará os olhos. A noite inteira, no seu negrume silencioso e eterno, se derramará sobre o corpo. E só restarão as lembranças enevoadas. Teme, portanto, a manhã, a decisiva manhã em que será transformado em lembranças.

Olha as aranhas no telhado e se adverte de que deve enfrentar todas as dificuldades, todos os dramas, mas não deve sucumbir. Neste instante, acompanha o trabalho, a luta das aranhas, e no geral não sabe distinguir — ele não sabe, o Escritor não sabe — se as aranhas tecem a mortalha — o manto de morte que o acompanhará até a visão de Deus — ou se lutam entre si, consigo, com elas, entre elas. Tudo aquilo seria apenas exibição, ou uma demonstração de unidade familiar, de tribo que se une para construir a vida... ou a morte? A ideia da morte o acompanha pela noite inteira, neste bordado de sombras e de aranhas, temendo que as aranhas desçam pelos fios do telhado para beber seu sangue.

A aranha arranha a rota roupa mortal
na noite rebelde.

Na verdade, madrugada alta e silenciosa, as aranhas começam mesmo a descer pelos fios invisíveis — embora ele saiba que os fios de fato existem e que descem em linha reta do telhado — ou do forro — até sua barriga. As aranhas escorregam do alto e mudam de fios, porque são muitos os fios que criam uma espécie de cortina caindo sobre ele, dividindo o quarto em dois ambientes e, mais que tudo, naufragando a noite dentro da noite, a madrugada afundando-se em mortalhas, abismos e cortinas.

Se movimentar o lado do corpo um só palmo despencará no abismo fundo e profundo, com a convicção de que a madrugada ou as madrugadas o tragarão para o infinito, para o jamais. Com a mão direita segura o lençol e sabe que a mão esquerda não poderá ajudá-lo.

Sonho sonhado, sonho acordado.

As aranhas tecem o tecido mortal da noite perversa
ele sabe, conhece os fios da teia tacanha.

Torna-se cada vez mais tensa a madrugada, a noite perversa. As aranhas suspensas em fios invisíveis voltam a lutar entre si, espécies bem raras de trapezistas noturnas e guerreiras. Por um instante abandonam a mortalha do Escritor — a roupa negra que o levará para a eternidade — e envolvem-se na luta renhida. Debatem-se em voos rasantes próximos, muito próximos do nariz do homem ali enfeitiçado mas sem rezar, embora o sono lhe pese nos olhos. Agora reza, insistentemente reza, para que o sono leve ao sonho, ainda que tenha de sonhar com outras aranhas, com outras mortalhas, com outros voos.

Avança, a madrugada avança e não há outro desejo senão o de que amanheça logo — tão logo quanto imediatamente. E os minutos não passam, as horas não se adiantam, o negrume da noite prossegue. O que se revela, a cada instante, é o pesadelo. Ele não sabe dizer com certeza, já não sabe dizer se está acordado ou se dorme. A crueldade de tudo o mais está na confusão: quando acorda ou quando dorme? Os olhos abertos não significam sono; os olhos abertos não significam vigília.

Sonho sonhado ou sonho acordado?

O corpo e o Cristo

— Não temas. Eu estou aqui.

Escuta a voz no final da madrugada. As luzes azuis entram pelas brechas da janela do hospital. A testa suada, o peito arfante, a voz mansa cheia de vigor e de vida. O homem, se isto ainda é um homem, desperta e não esquece o sonho depois do pesadelo na noite sombria. Sonhou com imagens bíblicas. E ouvia a voz — uma voz forte, porém terna e doce. Uma voz de comando.

Há um instante em que se divide — ouve a voz, inventa a voz, sonha com a voz? — e procura se convencer de que não existe nada além da doença e da vontade de superá-la. Afasta a vaidade, mesmo a vaidade religiosa para se convencer de que é um homem qualquer, um mundano, sem qualquer apelo místico.

A voz que ouvira era do Sagrado, do Maravilhoso — a voz de Jesus, o Deus que se tornara gente para sentir as dores na carne.

Portanto, não podia ser com ele, não era com ele, não é com ele — tem certeza. É verdade que desde o começo invocara a intercessão divina, acredita sinceramente na intervenção de Deus, naquilo que se convencionou chamar de Milagre. O que há de mais necessário, porém, é que o fiel seja merecedor do Milagre. Não basta invocar, não basta pedir, é preciso merecer. E o que significa merecer? Se despojar de todas as vaidades, mesmo a vaidade de se pensar humilde. A humildade é uma forma de vaidade, ele sabe bem. Não ofender, nunca ofender. Perdoar o tapa no rosto, perdoar a ofensa mais ultrajante, perdoar a humilhação e o sacrifício, o cuspe no rosto diante da multidão. Ter uma vida santa. Não ferver o sangue diante da mulher nua. Nem da vestida. Não mereceria jamais. Nunca tivera nem um único instante santo. Nem que se considere uma fração de segundo. Pensar num Milagre seria, evidentemente, um exagero, e ainda por cima Cristo falando com ele de viva voz, chegando de manso aos ouvidos, seria, no mínimo, um excesso de vaidade religiosa. Tornar-se santo para merecer um Milagre, impossível. Além do mais, não pedia um Milagre. Apenas alívio. Alívio também não é Milagre.

Ouvira a voz, sim, ouvira, é definitivo, talvez, quem sabe, fosse a voz psicológica, aquela que surge no socorro da agonia. Convencia-se assim, de imediato, é a voz psicológica. Sem questionar. Está resolvido. Nenhuma voz espiritual, ou santa. Apenas uma voz. E de onde viera?

Lembra-se, num zás, de Ivan Karamázov, o poderoso personagem de Dostoiévski, dizendo com uma voz que não se ouvia, mas que se apresentava sincera e inesgotável: Se você me provar por a mais b que Jesus Cristo não é a verdade, ainda assim fico com Cristo.

Não fora o Papa, nem um cardeal, nem mesmo um padre de província, nem sequer um teólogo que o dissera. Bastava esse estranho personagem, um homem de papel, mas com a força de um bispo Tikhon — mesmo sendo este outro personagem, também de papel, com um caráter de mestre e de comandante, desses que iluminam o caminho e transcendem o humano — sim, bastava um personagem para convencê-lo, em definitivo, da existência de Cristo.

Aliás, nunca teve dúvidas. Desde menino fora educado não só para acreditar na Sua existência, mas também para amá-Lo, para venerá-Lo, para torná-Lo cada vez mais vivo e mais verdadeiro. Questioná-Lo seria, no mínimo, uma heresia. O romance *Viagem no ventre da baleia* mostrou a visão bela e incandescente que o sacristão teve de Cristo, iluminado no vitral, porque o fogo O ungia com um encanto terno e maravilhoso.

A voz que ouvia agora era, sem dúvida, um alívio. Um grande alívio. Porque descobriu, quase imediatamente, que a voz viera de um televisor ligado na pregação de um padre que falava do medo dos apóstolos nas águas revoltas. Os discípulos estavam apavorados com os ventos e com as águas e pediam a intervenção do Mestre. Foi exatamente neste momento que o Cristo disse: Não temas. Eu estou aqui.

A frase, verificou depois em leituras bíblicas, aparece em vários momentos e é sempre extremamente significativa. Não pode negar, o Escritor tenta compreender a esperança da fé, não negaria jamais — porque, enfim, a fé é uma esperança, mesmo que seja diferentemente uma das categorias teologais. A frase, mais do que nunca, ele sabe, é uma espécie de mantra de autoajuda que repetiria muitas vezes. Muitas, muitas vezes. Sobretudo em viagens aéreas percorrendo o país de canto a canto para palestras e oficinas. Naquele exato instante em que ouviu a frase acreditou, sinceramente acreditou, que o Cristo tivesse falado com ele. Olhos nos olhos. Assim, na cócega do ouvido, os lábios tocando nos pelos, repleto de força e beleza. Desmorona quando percebe que está forçando a crença, e é atingido pelo raio do remorso. Não está em condições de receber, nunca mesmo, o mínimo favor divino, porque o pecado se derrama pela alma e pelo corpo todo tempo. Por isso aprendera, ainda menino, que não deve se olhar no espelho quando a luz estiver apagada. Porque não aparecerá a imagem do seu corpo mas apenas, e vigorosamente, a alma chagada, sangrenta e purulenta. O corpo espiritual marcado pelas chicotadas da condenação. E será horrível, será horrível para sempre e, mais do que para sempre, para a Eternidade.

Haveria uma explicação para a eternidade? E, se houver, como seria possível enfrentá-la com a alma chagada? Cristo não falaria com ele, mesmo através de um padre, ou sobretudo pela voz de um padre, tão pecador e tão chagado quanto ele. Talvez recorresse à estratégia da leitura dos Evangelhos, a fala pela palavra escrita — embora a Bíblia seja em si mesma um Milagre —, por isso fecha os olhos, não quer nem mesmo correr o risco de lê-la imaginando o Milagre.

A vida, eis tudo, é Milagre, o grande Milagre, depois vêm os pequenos e breves milagres. Viver não é apenas perigoso, é, principalmente, milagroso.

Permanece com os olhos fechados e, ao abri-los, pede que tirem a Bíblia de perto de si. Não quer pecar, é verdade, não quer pecar de forma alguma, nem mesmo com a leitura das palavras santas. E lhe vem a mais profunda e inquietante de todas as crenças: não pode abrir os olhos sequer para ver a vida, porque a vida é Milagre. Assim, ver a vida é testemunhar um Milagre. Não, em absoluto não está preparado para visões sagradas. Significa enfrentar o Divino, e isso não é possível. Move-se na cama e se surpreende que o lado esquerdo ainda esteja parado. Completamente parado.

Morre a esperança. Agora morre a esperança de que seja curado algum dia, de que consiga se mover com alguma facilidade, como fazia sempre ou como fizera naturalmente, igual a toda a gente. Deita-se, agora o Escritor se deita e cobre a cabeça com o travesseiro. O que lhe restava de esperança desaparece. Ou morre.

— Que é que você tem? Está com vergonha? Enlouqueceu?

— Não, estou com vergonha.

— Vergonha? De quê?

— De Deus.

— Então tire o travesseiro do rosto e abra os olhos porque Ele estará em você, sempre. Você sabe, não é?

— Sei, eu sei. Mas estou com medo de pecar.

— Você está ficando velho e bobo. E este AVC está lhe deixando mais bobo ainda.

A mulher certamente está de pé ao lado da cama. Deve ter se afastado um pouco, porque a voz ficou abafada e depois voltou ao normal.

— É que tive uma ideia estúpida.

— Estúpida? E por que está acreditando nela?

— Não estou acreditando... estou com medo...

— Então me fale dessa estupidez...

— Pensei que a vida fosse um milagre, como se diz por aí, e em sendo um milagre... é uma ofensa a gente olhá-la... Não podemos testemunhar um milagre porque não merecemos...

— Que absurdo é este, rapaz? Você não apenas sofreu um AVC, você ficou maluco.

— E quem é maluco pode escrever?

— É claro que sim... Os malucos também escrevem bons romances.

— Pelo menos não morri de todo.

— Se isso for bom, ótimo.

Senta-se na cama para tomar o café que acaba de chegar. E que nem mesmo é um café — melancia, suco de laranja, água, alguns comprimidos que ele nem procurava saber para que serviam. Até porque a mulher é médica, em quem ele confia plenamente. Mas para o Escritor, café da manhã, durante muito tempo, era uma macarronada com vinho tinto. Só depois uma xícara de café. Em seguida, trabalho. Muito trabalho. Em casa, romances e novelas. Na repartição, matérias jornalísticas, críticas, resenhas de livros, a escrita da coluna. Para acabar a manhã, mais uma cerveja, seguida de uísque, muito uísque, arroz, feijão e carne em abundância, feijoada, galinha guisada ou cozido. À tarde e à noite aulas, parando apenas para estudar ou para escrever. Mais adiante, jantar e leituras, dormir só depois da meia-noite e acordar pela madrugada para escrever.

Enquanto se serve das frutas fala baixo e a mulher não lhe ouve, porque não é para ouvir, e nem deve ouvir. Meus Deus, a que estou sendo reduzido, comendo frutas, românticas e saborosas, feito se diz. Comer frutas é tão bobo quanto recitar sonetos líricos. Escrever palavras românticas, saborosas, líricas, bobas é tão cruel quanto assassinar uma criança de berço. Não é surpreendente, nada para ele agora é surpreendente, e escrever tanto lhe parece a salvação eterna quanto um ato inútil. A inutilidade da escrita o apavora. Escrever para quê? Por quê? E o quê?

Às vezes também pensa na inutilidade da religião. Mas não é nisso que quer pensar agora. Basta comer melancia, beber suco de laranja e considerar que tudo isso não passa de sua absoluta decadência. Nada disso é útil, é decadente. É a vida transformada em lixo. Menos do que o lixo porque o lixo serve para alguma coisa, e ele, de repente, não servia para nada. Nem sequer para terminar a refeição, vestir o pijama e ler os jornais, de preferência a página das palavras cruzadas e o jogo dos sete erros, com alguma coisa de horóscopo e sabedoria popular. Inútil. E para sempre.

Um dia mais tarde, um dia depois, caminhar com muletas arrastando uma perna, cansado e arfante, procurando proteção na primeira parede que aparecesse à frente, embora rejeitasse ajuda das pessoas. Odiaria ajuda, auxílio, colaboração. Não lhe seria maior o insulto do que enfrentar mãos estendidas para ampará-lo. Nunca, jamais. Esqueça.

— Não temas. Estou aqui.

Ouve, ainda mais uma vez, o Senhor falando com ele, e vê, pode ver, a cabeça encostada no travesseiro, os olhos fechados: Cristo andando sobre as águas. A cabeça erguida, o sorriso de brisa, os cabelos negros e longos caindo sobre os ombros — não conduzia a coroa de espinhos porque ainda não fora martirizado —, o manto de um branco resplandecente, o imenso pano vermelho do ombro esquerdo até o pé, descalço, deslizando sobre as águas, braços abertos, o amor que se aproxima, protege, acalanta. Repetindo, e repetindo sempre:

— Não temas. Estou aqui...

O corpo e a arte

CONVENCIDO DE QUE não era mais do que um monte de carnes, músculos e nervos inúteis, deita--se na cama, já agora e definitivamente à espera da carrocinha que o levaria para o lixão, cercado de urubus, lagartixas, cobras e escorpiões. Não precisava morrer. Não era isso. Vivo, bem vivo, e transformado em estopa, em um saco de sujeiras e podridões, deixando marcas por onde passasse, não é assim que um homem, um verdadeiro homem se acaba? Vê, com absoluta clareza, um gari fardado conduzindo a carroça, lento, demorado, e jogando-o entre carniças e dejetos, os urubus voando em torno, grasnando — coisa esquisita e rara é ouvir os urubus grasnando —, disputando um pedaço de braço ou um naco de pé.

Tosse, reprime a tosse. Não quer que ninguém ouça seus lamentos, suas reclamações, suas mágoas. Não quer que ninguém venha socorrê-lo, até porque não precisa de socorro. Nunca será socorrido. Nunca pedirá socorro, mesmo agora, quando se vê perseguido pela doença e pelos homens. Sim, poderá enfrentá-los até ser assassinado. Desde criança acredita que será assassinado por alguma razão obscura. E, agora que os homens chegaram, que estão de pé nas esquinas, sentados nos bancos das praças, aquartelados nos becos e nos bares, nas lojas e nas farmácias, de revólveres em punho e facas nas mãos, prontos para o ataque, embora a princípio não pareçam violentos, não lhe resta qualquer dúvida da armadilha que o destino lhe reservara. Está certo, sim, será assassinado. Muito, muito antes de ser jogado no lixão?

Ou há um equívoco de visões? Não há visões, mas apenas uma visão, completa e definitiva: a visão do homem que carrega a carroça para o lixão — não importa se está ali o Escritor devorado pela doença ou o intelectual sacrificado por um tiro na curva do beco. O movimento derradeiro, o minuto final é esse ou seria aquele?, os urubus devorando a carne, os músculos e os nervos apodrecidos.

Os urubus surpreendidos no voo, aves negras que se deslocam no espaço sobre a carniça dos homens, diante de um céu azul, exageradamente azul. Sol, céu de sertão, onde se veem, entre outras coisas, pequenas árvores, arbustos, borboletas e pássaros, e um chão de nojo, chão de escarros e vômitos, numa composição que vai do belo ao grotesco, do lustroso ao sujo, do limpo ao escatológico. Reinvenção de Van Gogh para as dores do mundo.

Compreende, enfim, que a arte se compõe desses elementos que resultam na proclamação da beleza — e, portanto, da vida, da impenetrável condição humana —, sem nenhum compromisso com a ética ou com a moral, passando apenas e exclusivamente pelo gosto, pela sutileza do gosto. Volta a se sentar e tem a vertiginosa sensação de que a arte penetrara com tanto vigor no seu sangue, com tanta firmeza e deslumbre, que a morte e a rejeição do mundo são, na verdade, apenas obras de arte, cujo artista é a Divindade.

Começa a decidir que tudo isto, toda esta imensa contorção do Homem deve ser colocada no papel, escrita, para desvendar seu mundo interior, sua completa derrota, sua frágil, inquieta e tenebrosa condição humana. Está na hora de se despojar de todas as vaidades e honrarias, das manifestações exibicionistas de vitória, e de sucumbir diante do inevitável, do aterrador, do horroroso, misturando-se ao pó inquestionável da vida, das cinzas que são desmanchadas pelo vento. Desta vez, parece ouvir as palavras sensatas de Padre Antônio Vieira no inquietante Sermão da Quarta-Feira de Cinzas: "A Bíblia nos traz uma verdade que nenhum cientista, nenhum sábio, nenhum artista e nenhuma ciência pode desmentir: Tu és pó, e ao pó voltarás." Desde que escutou estas palavras, desejou, ainda na adolescência, se transformar num mendigo de beira de estrada, sem direito algum, sem direito a nada. Por isso invejou tanto Van Gogh, que, sendo o magnífico artista que era, e não um esquizofrênico, não um louco, mas um artista, com visões distorcidas da realidade, do concreto e do visível, também se tornara pastor, com tendência ao místico, vestido em saco e, portanto, transformado em estopa.

Daí porque não parece haver distância entre o místico e o artista — ambos em busca da Beleza.

O primeiro com preocupações religiosas, por isso mesmo moralista e ético, enquanto o segundo, motivado pelo Maravilhoso, visa somente à Beleza, ainda que tenha que buscá-la no sujo, no feio e no grotesco. Isso não é distorção, é visão.

O Escritor sente que se arrasta da cama para o cemitério, que lhe parece o caminho definitivo agora. Gordo, Magro, Velho, Anão, mas quem muda de corpo não é a Mulher Grávida? Vê, então, um menino que corre pelos campos, descalço e sem camisa, o adolescente que foge pelas ruas, ora calçado em botas, ora em sandálias, bebendo, fumando, se confundindo com o jovem que deixa a barba crescer e toca saxofone num clube social, ou com o homem, ainda magro, alto, espadaúdo, se esforçando para ser um bom pai, embora assolado pelo sexo em farras monumentais, cachaçadas de varar dias e noites, carnavais e festas sem nome, sexo, mulheres, mulheres, sexo, mulheres, sexo e sexo, homem velho e triste escondendo-se nas esquinas, perseguido por nuvens de morcegos e andorinhas. Atacado pelas fezes até se transformar num monte inútil e fedorento de carnes, músculos e nervos. O que é isto senão mudar de corpo? Mudar de corpo, compreende em definitivo, é o normal na espécie. Mesmo os animais mudam de corpo constantemente. Acautela-se e fica convencido de que não há outra forma sensata de viver.

O menino gosta de bola, de leituras e de música, não sabe quando está em campo cobrando faltas ou driblando, ou quando está embaixo da mesa da sala para ler romances e novelas, contos e poemas, poucos e raros poemas — alguma coisa muito forte não o impulsiona para os poemas e vê diante dos seus olhos ainda indecisos atores e atrizes na peça monumental do mundo que será ainda a sua vida, sua triste, indefinida e mesmo assim rica vida, que deve se mover no palco em construção. Não é incomum que se sinta um ator cujo papel está sendo escrito, cujas cenas seguintes são sempre desconhecidas. Breve, muito breve, deixará a bola e as leituras para se surpreender com um saxofone tenor nas mãos, e tocará em festas e espetáculos por onde nunca esperou passar.

A moça vinha no meio da tarde festeira de rock e jovem guarda, com uma rosa numa das mãos e a caneta e papel na outra.

— Mas eu já lhe dei tantos autógrafos, por que mais um?

— Você não percebeu? Não é um autógrafo, é um contrato.

— Contrato?

— Sim, nosso contrato de amor.

— E são necessários tantos autógrafos assim?

— Porque o amor não acaba, fica selado para sempre. Faça o que quiser comigo.

— Esse faça tudo o que quiser significa o quê?

— Significa faça tudo.

— Sexo?

— Sim, tudo.

No outro domingo no meio da tarde e da festa, ela voltava, sempre.

— Você não me quer, não é?

— Quero, sim.

— Mas ainda não me usou.

— E é preciso usar?

— Para isso me entreguei e assinei o contrato. Você me desculpe, mas isso não faz sentido.

Num desses domingos, em meio a *riffs* de guitarras, marcações de contrabaixo e bateria, afora os berros do sax, ele viu a moça aparecer por trás do palco, vestida numa camisa branca, suja de sangue seco, desbotado, gesticulava, a face macerada e os cabelos em desalinho.

— O que está acontecendo?

— Foi amor, entenda, foi amor.

Relutou, sim, o Escritor relutou, assustado. Aproximou-se com lentidão. Ela segurou sua mão direita e levou-a ao seio. Estavam trêmulos, os dois. Com as pontas dos dedos ele sentiu as marcas de um corte embaixo do seio de Esmeralda — lembrou-se do nome dela (nem mesmo sabia que já o sabia) de que não se lembrava nunca — e a aspereza dos pontos.

— O que andou fazendo?

— Queria trazer o peito para você. Me levaram para o hospital, e agora estou aqui.

— Trazer o peito para mim? Não sabe o risco que correu.

— Sei, me disseram gritando.

— E esta camisa?

— Estava com ela e queria que você olhasse o sangue.

— Meu Deus, o que é que você pensa?

— Não preciso pensar, basta querer.

Ele voltou para terminar a festa, sem conseguir se concentrar e errando muito. Um transtorno repentino, porque sempre se sentiu muito feliz na banda, com a convivência de amigos — Zé Araujo, Djilson, Walter e Fred — que estariam com ele para sempre.

Os dias no apartamento da Boa Vista eram longos, vazios e tristes. Sem destino parava nos bares para beber copos de cachaça com laranja. Na tarde em que foi buscar o pão comprou o *Diário da Noite* e leu que a moça havia pulado do décimo segundo andar do prédio na Rua do Hospício. Deixara um bilhete com uma única palavra — Cansei.

Cansara aos 15 anos, com o peito cortado e os dentes quebrados. Tempos depois, o Escritor se lembraria muito, muito dela, e do seu retrato no jornal, ao ler a frase de Marguerite Duras, em *O amante*: Aos dezoito anos a vida ficou tarde demais para mim.

Começaram aí os dias vazios, começaram... E o jovem andava pelas ruas, solitário, ou buscava o único amigo que lhe restava, Leonardo, muitas vezes sumido, este amigo, perdendo noites inteiras com as putas do bairro do Recife, noitadas que terminavam em pancadaria com gosto de sangue na boca e vestes rasgadas. Ele reaparecia depois, sempre conduzindo uma garrafa de aguardente, que os dois bebiam em largos goles no gargalo, sem outra perspectiva senão beber e beber até desmaiar em casa. Ele se abismava, então, com os dias e as semanas inteiras sem um único gesto que resultasse em construção. Inquieto, comprou papel e pediu uma máquina de escrever emprestada. Na verdade, tempo de inquietação e culpa, não sabia de que lhe serviria. Tocado pela tristeza, perguntava-se de que lhe serviria a literatura. Naquele emaranhado de vazio, confusão interior e drama, já era bastante que não lhe perguntassem nada, não teria resposta à indagação sobre o que faria da vida. Num certo instante, num momento rápido, pensou que teria o mesmo destino da moça.

Dias depois, o Escritor sentava-se para escrever o primeiro romance — gigante mundo em quatro paredes —, que contava a história de um sertanejo errante em busca da sorte sem sair do quarto. Também ele permaneceu no quarto do apartamento do irmão Geraldo, na Torre, escrevendo. Decidira desde a infância que seria Escritor, hipnotizado pelos livros que o outro irmão Francisco deixara na loja do pai, mas se angustiava muito quando lia os regionalistas ou via capas de livros que exibiam caveiras de bois no deserto sertanejo, cercas quebradas, chão estorricado, falta d'água... e se perguntou: vou ter que repetir tudo isso? O sertão não é só isso, meu mundo não é só isso. Quero outra coisa. Quero refletir sobre a condição humana. Embora mostrasse a cada dia um entusiasmo crescente pela obra de Graciliano Ramos e pela pintura de Portinari, infelicitava-o o mero registro, a cópia da danação dos sertanejos. Não conseguia parar um só instante, tomado de febre criativa, e as palavras se multiplicavam sem reflexão, sem crítica, sem análise. Apenas o desejo de criar e criar. Sem imitar nenhum escritor, sem copiar, sem aproximar. Sem pensar, ele sabia: não pensava. Escrevia e escrevia. Não questionava, não perguntava. Quase não falava com ninguém, apenas e às vezes com o irmão Felipe, a quem mostrava os primeiros resultados. Tempos depois, terminada a escrita, procurou o mestre Ariano Suassuna:

— O senhor quer ler o meu romance?

O homem era alto, falava rouco e pausadamente:

— Leio sim, deixe o original comigo. Se eu não gostar, não significa que não preste, significa apenas que eu não gostei.

Isto ele não sabia naquele instante: começava ali uma amizade de quarenta anos, com muitos estudos, análises, leituras. E conversas acaloradas, exaustivas, demoradas. Cheias de humor e ironia. O Escritor estava certo de que enfim encontrara o caminho do nariz. Mas com Ariano aprendeu que a literatura se faz com metáforas e que a literatura brasileira pode ser erudita, requintada, a partir das bases populares. O folclore seria e é a base da nossa cultura mas sem ser registro documental ou cópia. O folclore é o símbolo da condição humana.

Combatia o bom combate com personagens de Dostoiévski, Tolstói e Cervantes nas tardes em que deveria estar no bar bebendo cachaça com laranja. E lia, lia apaixonadamente, e a sério, Kazantzákis,

Thomas Mann, Lawrence Durrell, Melville, Nathaniel Hawthorne, Kafka, Hemingway — insistentemente Hemingway —, Fitzgerald, e os latinos Gabriel García Márquez, Ernesto Sabato, Onetti, Vargas Llosa, e ainda Graciliano Ramos, Lins do Rego, Amado, João Cabral, Carlos Drummond, Aristóteles, Kant, Hegel e a *Estética* do próprio Ariano Suassuna. Até que num sábado sentou-se para escrever o conto *O bordado, a pantera negra*, que o mestre transformou no folheto *O romance do bordado e da pantera*, ingressando com a emoção de um adolescente no Movimento Armorial. Na universidade, Ariano queria saber, sempre fidalgo, correto, sério:

— Posso usar seu nome no movimento?

— Perfeitamente. É tudo o que eu quero.

Logo depois escreveu o romance *A história de Bernarda Soledade* — a tigre do sertão —, que o colocaria definitivamente no Movimento. O teatrólogo pragmático Hermilo Borba Filho — outro amigo que lhe mostrou os verdadeiros valores da literatura e que morreu cedo, muito cedo, com uma obra inteira para construir, mas já consagrado — discordava do movimento e achava que o Escritor, na verdade, sofria influência de Faulkner.

— O que é que você acha?

— Faulkner é uma das minhas leituras preferidas, mas estou alinhado com o Movimento Armorial.

— Seja como for, sua linhagem é faulkneriana.

— Compreendo.

Estava no jantar, ainda início da noite, quando Felipe lhe perguntou:

— Já soube?

— O quê?

— Danilo se suicidou.

Ficou de pé, os olhos crescendo no rosto. Na garganta, era na garganta que as palavras se atropelavam, nem sequer subiram à cabeça:

— Ele não se suicidou. Foi Kafka, quem matou Danilo foi Kafka.

Embora permanecesse febril, a garganta ardendo, os olhos quentes e lacrimosos, não podia esquecer que Danilo fora seu colega de muitas noitadas de leitura, madrugadas inteiras, sem mulheres e sem bebida, sufocados por Dostoiévski e por Kafka, tropeçando entre personagens e cenários lúgubres de Moscou e de Praga. Às vezes sentavam-se em jardins, naquele tempo ainda havia jardins na frente das casas, e liam em voz alta os textos que mais os impressionaram.

— Não seria melhor passar as noites com as mulheres na zona, não, Danilo?

— Não, o que a gente precisa agora é de Kafka e de Dostoiévski.

— Cuidado para não transformar sua vida em literatura.

— Que seja, pelo menos, será um bom romance.

— Ou um bom poema...

Foi o que lhe disse, dias depois, o poeta João Cordeiro, colega de redação no jornal, hábil construtor de versos e de frases, sempre muito silencioso, escondido atrás dos óculos, e com quem trocou a *Estética* de Benedetto Croce pelo *Nove, Novena* de Osman Lins. Conversaram muito naquela tarde, embora não fosse muito comum em se tratando do poeta e copidesque.

— João não veio trabalhar e não virá nunca mais...

— Foi demitido?

— Não, morreu...

— Morreu?

— Apareceu morto em Boa Viagem..., o corpo surgiu na praia... Não sabia nadar...

— Então ele não morreu apenas. Suicidou-se. Ele mesmo me disse que estava à beira da morte, mas não pensei em suicídio...

Assustado, ele permaneceu assustado durante muitos dias até que foi procurado pelo irmão Geraldo, comedido no falar e no gesticular, embora nunca lhe faltasse firmeza:

— Felipe me disse que você está falando muito em suicídio.

— Ele está errado. Nunca falo em suicídio.

— Não no seu, é claro, mas no suicídio de Danilo.

— Falo do amigo, não do suicídio.

— Tudo bem, mas se tiver alguma inquietação me procure...

— Gosto muito da vida. Se algum dia lhe disserem que me suicidei, pode responder com certeza "mataram meu irmão...". Nem por Dostoiévski eu me mato.

— Que besteira é essa?

— Não é besteira. Depois a gente se fala.

Nunca, nunca mesmo, se sentiu atraído pelo suicídio — apesar de, em momentos decisivos de sua extraviada vida, ter imaginado beleza e agonia no gesto solitário dos que se matavam. Dos que voavam dos prédios para se arrebentar no chão, sacudidos por uma dose estranha de felicidade. E a felicidade vem sempre acompanhada de uma forte dose de agonia. Não havia dúvida de que o suicídio era a soma destes sentimentos — solidão, agonia, felicidade. Porque, para ele, só uma crise de absoluta felicidade faria um homem explodir uma bala no ouvido. Ou no céu da boca. Ernest Hemingway considerava que somente uma bala no céu da boca daria a um homem a morte definitiva. E foi assim que morreu. Ou viveu. O Escritor chegou a escrever numa novela iniciante que tomara a decisão feliz dos suicidas.

Ana Karenina se suicidara numa crise de felicidade. Tolstói conta que ela caminha para o trem que a mataria como quem sai de um banho, refrescada e leve, o corpo perfumado. O corpo, sempre o corpo.

O corpo e os miseráveis

LEPROSO ANDANDO pelas ruas estreitas do Recife. Corpo sem banho, camisa suja, sapatos furados, barba por fazer. E pedindo comida nos bares. Evitando as pessoas, desviando-se dos conhecidos, escondendo-se atrás de árvores e postes. Um rato morto teria mais vida. E bebendo, bebendo, bebendo. Sempre a mesma cachaça e a mesma laranja, esquentando o estômago, circulando no sangue, esfriando os nervos. Sentia vertigens, muitas vertigens, e não fumava. Nunca gostara de fumar. A fumaça provocava-lhe dores de dente. Agora deviam doer mais, porque estavam estragados. Às vezes se encostava na parede para não cair. Mesmo assim trabalhava no jornal — os seus textos eram devolvidos pela copidescagem, em geral com um breve comentário — venha ver a merda que você fez — e dormia numa pensão da Boa Vista, bairro onde fincara as raízes — se é que podia ter alguma raiz — desde que chegara de Salgueiro, a princípio no internato do Salesiano e depois deslizando pelas ruas, solitário ou em companhia de amigos bêbados. Dormia numa cama de lona malcheirosa, rasgada ao meio e amparada pelos livros que lhe sobraram e com os quais mantinha uma intimidade de sanguessuga.

Saía à noite, bem à noite, do jornal, carregando nos ombros mais uma conta de fracassos, de fracassos — textos rejeitados, jogados na lata de lixo —, embora fosse mantido na empresa havia meses. Caminhava a passos lentos para o Bar do Rato, às margens do Capibaribe, onde ratos de verdade, ratazanas, chiavam e mordiam-lhe os pés, em meio à lama e aos detritos. Logo chegavam os mendigos, os bêbados, as putas sifilíticas, os abandonados à sorte, os leprosos, todos, todos os leprosos, os loucos, e toda a fauna da noite. Quase um personagem de Gorki, faminto e bêbado, e escrevendo, escrevendo à mão, sempre em folhas de papel que levava para a pensão da Rua Visconde de Goiana.

Bebeu a noite inteira em bares do centro do Recife e nos cabarés do Recife Velho, agarrado com prostitutas, vivendo à larga, dormindo, enfim, na redação do jornal, deitado num divã antigo. Acordou cedo do dia, as mãos cruzadas sobre o peito, o corpo cercado de velas acesas. Vítima da curiosidade de amigos e estranhos. Levantou-se de um salto, correu ao banheiro, lavou o rosto e saiu com a cara lisa.

Ali, campo minado de confissões, gritos e dores, conheceu o Grupo dos Desesperados, formado por mendigos e por miseráveis que viviam de bicos, e que se reuniam todas as noites embaixo da ponte, no final do dia, para a divisão das esmolas. O grupo recebeu esse nome do jornalista José Mojica — que se dizia desaparecido —, que vivia entre eles, entusiasmado com a socialização das esmolas. Mojica — reconhecidamente, um bom crítico de artes e de cinema — era alto, gordo, vestia-se de mulher, sempre de roupa suja, com um persistente chapéu branco quebrado de lado — gângster ou bandido requintado —, os lábios pintados de batom vermelho, sapatos de salto alto, piteira longa nos dedos... Clichê de caftina suburbana, escondida na lama fétida do Capibaribe, de onde raramente saía vestido de terno escuro para escapulidas misteriosas, sem nunca dizer aonde ia ou o que faria. Do seu lugar de pedras, embaixo da ponte, Madame Montiel cantava, com voz em falsete, "La Violetera", de sua atriz predileta, Sarita Montiel, a espanhola que vendia flores e arrebatava a paixão de milhares de admiradores em todo o mundo... Uma vez precursora... Sim, o Escritor nem sabe mesmo se é assim... Segundo se dizia, nem era travesti de verdade, usava o disfarce para se esconder, para que não fosse encontrado. Era apenas uma pérola no meio da bosta. Também arrancava muitas gargalhadas e falava em filmes desconhecidos. Filmes de merda, proclamava. Os filmes de Sarita são filmes de merda... *Pero no hay nadie igual a ella... la espectacular Sarita... La mujer de los sueños... fatal, única, esplendorosa, inolvidable.* Mas se tornava violento quando, no meio da tarde sombria, gritava, tendo visões de crianças ensanguentadas e assassinadas... *La madre!... La madre!... La madre!...* Enfurecida, Madame Montiel, *La Violetera*, gritava, gritava... Numa incrível crise de histeria... Repetindo *la madre* até cansar, enquanto os homens mais fortes tentavam segurá-la. Dominada, afinal, deitava-se na lama e arfava, e arfava, e arfava, completamente suada.

O corpo e a política

EM PASSOS LARGOS e rápidos atravessava a Ponte do Pina à noite, em companhia do guerrilheiro Zeca, sentindo-se um daqueles personagens do livro *Os possessos*, que elegeram o suicídio como fórmula capaz de transtornar o povo russo e, em clima de pânico, levá-lo a derrubar o império. Zeca vestia-se de preto e carregava uma pasta, também preta, embaixo do braço. Andavam em silêncio, e o guerrilheiro demonstrava preocupação. Na descida da ponte, confessou:

— Precisamos alugar uma casa para o nosso comando.

— O que está faltando?

— Um fiador. Você conhece alguém? Tem que ser uma pessoa muito respeitada, que não desperte desconfiança.

— Não, não conheço ninguém.,

— Você precisa colaborar.

— É o que estou fazendo.

— Você não é obrigado. Pense.

— Vocês estão preparados? Têm um exército? Ou, pelo menos, alguém que possa prepará-los para a guerra?

— Isso é bobagem.

— Como, bobagem?

— Você pensa como um pequeno-burguês. Por isso está reagindo tanto. Não lutamos contra um exército. Queremos apenas conquistar a opinião pública para a nossa luta.

— Ingenuidade, ingenuidade. O povo fica contra a luta, esta é que é a verdade. A única verdade. Além do mais, essa luta só vai sacrificar muitos jovens.

— Este seu discurso de direita me faz desconfiar de você; vamos parar aqui, desapareça.

— Antes de ir, quero dizer que simpatizo muito com a luta, mas me preocupo com as metas, com os objetivos.

— Isso não faz sentido. Você está com medo, não está?

— Não precisa perguntar duas vezes.

— Isso é falta de convicção política.

Estavam parados na frente da igreja do Pina, iluminação falha a transformar em vultos as raras pessoas que passavam. Era uma dessas noites escuras do Recife. Mas a brisa do mar, ali perto, bem perto, soprava com força, tornando a rua fria, apenas fria.

— Vou entrar nestes becos e desaparecer. Não pegue táxi agora, esta área pode estar cercada de policiais. Vá para a praia, talvez lá esteja melhor.

Não se despediram. Essas informações deixaram o Escritor muito, muito preocupado. Policiais cercando a área, hein? Caminhou no sentido de Boa Viagem até encontrar um bar aberto, onde os frequentadores bebiam, cantavam e pulavam perto das mesas. Quero que você me aqueça neste inverno... Garotas embriagadas andavam nas calçadas, rapazes exibiam botinhas, bebiam no gargalo e imitavam o rei da Jovem Guarda. Ouviam-se freadas irritantes na avenida. Agora, sim, agora podia pegar um táxi. A não ser que estivesse sendo seguido... Ainda indeciso, levantou o braço e sonhou com a noite boêmia.

Cantando, cantando, na verdade ninava... ninava... ninava... Por causa desses ataques é que o Escritor ficou sabendo que *La Violetera* era a mesma que espantara o Recife ao matar o filho, um menino de meses de idade, a facadas. Entrara em casa pela madrugada e encontrara a mulher abraçada com o amante na cama, enquanto a criança dormia no berço ao lado. Tomado de fúria — assim mesmo, foi como escreveram no jornal — o homem ultrajado deu várias facadas na criança, aos gritos de *la madre, la madre, la madre, la madre.* Em juízo, declarou que naquele momento percebeu que era ele, Mojica, quem devia ser a mãe do menino, e não aquela prostituta, aquela puta deslavada. Uma mãe, repetira várias vezes ao juiz, deve ser sublime e angelical, deve ter vergonha na cara e aquela não teria caráter, nunca, jamais, em tempo algum... *la madre, la madre, la madre,* insistia, aos gritos. E tossia, cobrindo a boca com um lenço, que mastigava como sola de sapato. As fotos nos jornais revelavam uma mulher gorda, bem gorda, diante do juiz, usando vestido estampado, peruca de cabelos negros caindo sobre os ombros. Colegas jornalistas diziam que se tratava de um profissional sério, de bom texto, crítica apurada, especializado em

Charles Chaplin, responsável pelas melhores reflexões sobre o artista consagrado. Hábil, procurava demonstrar que Carlitos era o Dom Quixote do mundo contemporâneo, com todas as suas grandes e exatas metáforas, transformando o trágico e o dramático no risível. Assim dizia, assim falava, assim escrevia. Escreveu, escreveu muito. Noites de insônia, dias de trabalho, esforço, sacrifício.

Navega, o Escritor navega no vasto ventre escuro da noite, perseguido por morcegos, andorinhas, aranhas, fezes, bêbados, putas e loucos.

O corpo e a luz

CHEGA EM CASA pela madrugada, noite muito alta. Silêncio absoluto. Havia pouco se despedira de *La Violetera*, com quem tivera uma dessas conversas longas e enigmáticas, cheias de miseráveis, fome e revolução, depois do expediente no jornal, agora fechado e entregue aos leitores. Entra na cozinha para pegar uma cerveja no refrigerador e senta-se perto da mesa da sala para ler *Moby Dick*, o volumoso romance de Herman Melville, e de imediato enfrenta a luta do capitão Ahab com a baleia, naquele estilo leve e irônico do escritor norte-americano, denso, forte, sombrio. Pergunta-se como é que Melville, tão austero, consegue reunir todos esses elementos nesse romance memorável. Largos e longos são os goles da cerveja, e o Escritor já se sente contaminado pelo sangue da baleia, que não se abate nunca. E pela batalha, cheia de esperanças, do capitão que decide morrer no fundo do mar, desde que derrote o animal.

Em meio à luta e à admiração percebe que a mulher, grávida, entra na sala. Também quieta e silenciosa. Está em pé e derrama muita água. Uma torneira aberta entre as pernas. Ela corre e entra no banheiro, volta derramando mais água ainda. Retorna ao banheiro e novamente à sala, um rosto não poderia estar mais perplexo e mais confuso.

— Você está chovendo.

— Não sei o que é isso, mas acordei assim. Telefone para o médico.

— Doutor, minha mulher está chovendo.

— Não é nada grave, mas vá imediatamente para a maternidade. Logo. Acho que chegarei antes de vocês.

Quando o filho estivesse crescido, teria de lhe dizer: Você nasceu no dilúvio, nasceu da luta entre o capitão Ahab e a baleia furiosa, nasceu da luta entre o bem e o mal. Mas não podia negar que estava muito preocupado. Não entende nada, não compreende nada. Na pressa não se esquece de levar uma bacia, para não molhar o táxi. Tudo bem, não houve necessidade, bastaram toalhas e panos mornos. Jovem pai, nunca ouvira falar em bolsa rompida. Basta-lhe saber agora que o mundo se faz de água e carnes, músculos e nervos. Rodrigo seria um homem do mar? O que significaria o cachalote na vida do rapaz? Força, determinação, batalha.

Antes da primeira luz do dia o filho nasceu, o primeiro. Pequeno, muito pequeno, forte e belo. Nunca foi alto, e sempre se moveu com incrível facilidade, antecipando-se. Ágil, criativo, educado — um raio de sol. Leitor obstinado, hábil no trato da bola de futebol, violonista, atleta. Até o dia em que botou o dedo na tomada e reclamou:

— Pai, a parede me mordeu.

Quatro anos depois nasceu o segundo filho, em meio a muita água e a gols. Cinco gols numa só tarde. Ouvira no rádio o resultado do clássico no começo da noite, e, embora estivesse trabalhando no jornal, estava embriagado porque comparecera a um almoço regado a cachaça, muita cachaça, cerveja e vinho, com direito a carne de sol, feijão-verde e farofa, no Expedito, restaurante do bairro de Afogados, que costumava frequentar sempre, de domingo a domingo, sem nunca ficar sóbrio.

— Telefone para o senhor.

— Diga que já estou indo à maternidade. Diego nasceu, não é?

— Como é que o senhor sabe? Ainda nem falei...

— Depois desta goleada, não podia esperar outra coisa. Só desejo que tenha saúde e juízo.

— Nada disso vai faltar. — O médico disse que ele está ótimo, mesmo sendo de sete meses.

— Rodrigo também é de seis meses e sempre está bem. Quando nasceu eu estava no mar com o capitão Ahab e a baleia numa luta sem fim.

— E agora?

— Agora estou num campo de futebol, levando gol por todos os lados.

— Um, erudito; outro, popular.

— A vida é mesmo assim, diz o bolero.

— Quem é mais popular: você ou ele?

— Vamos os dois sambar na avenida, com uma biblioteca embaixo do braço.

— Loucura também tem limite, doutor.

Antes da meia-noite, fingindo-se sóbrio, uma sede cavalar, chegou à maternidade. A mulher dormia sozinha, porque a criança estava sendo medicada.

— O que foi que houve?

— Nada. É um procedimento comum.

Comum mesmo não era mais a vida. Dois filhos para criar e a sensação de que o mundo começava ali. Tudo o mais havia sido apenas preparação. Chegara aos 25 anos e estava na hora de criar vergonha na cara. Repetia ali a frase de Duras: Aos 25 anos, a vida se tornou tarde demais para mim. Pelo contrário, na verdade a vida se tornara cedo demais. O que devia mudar agora? Talvez fosse necessário interromper as visitas ao Clube dos Desesperados. E mais, muito mais do que isso, compreendia: deveria esquecer o clube e tratá-lo com o desprezo que ele merecia. O clube, ou apenas *La Violetera*, de quem se tornara amigo e confidente. *La Violetera* era também voraz leitor de Victor Hugo, e tinha projetos políticos. Desejava preparar uma marcha dos desesperados sobre o Recife, numa imagem cinematográfica e poética, própria de um sonhador, de um revolucionário impedido de sonhar. De um homem arrancado de sua vida tradicional, conservadora e pacífica.

— Vai ser um grande espetáculo, camarada. Quando a cidade acordar verá os famintos, os miseráveis, os desesperados saindo da lama do rio Capibaribe, levantando-se em andrajos, descalços e despenteados para ocupar a cidade. Sairemos sem armas, sem flores, sem cânticos e sem marcha, a revolução da dor, sem sangue e sem gemido. Ocuparemos os bancos, as lojas, os quartéis e as repartições públicas. Tomaremos os lugares dos chefes, dos soldados, dos administradores, e entregaremos todos os cargos aos famintos, às putas, aos loucos, a toda a pária social. Para governar o país, colocaremos Carlitos na presidência, não Charles Chaplin, mas Carlitos, com seu chapéu-coco e sua bengala, a calça, amarrada num cordão, caindo até o joelho, cantando vidas que se acabam a sorrir. A partir desse dia, não se conhecerá mais a força desmesurada de depósitos bancários, empréstimos, juros, inflação, e só praticaremos o único gesto político de que o homem é merecedor — viver.

Ali, olhando o corpo do menino no banho, o Escritor decidiu que mudaria para governar os dias com a paixão dos filhos, com a convicção de que não poderia, nunca mais, cair bêbado nos bancos das praças do Recife ou de qualquer outra cidade do país. Difícil, muito difícil — talvez, impossível —, seria cumprir a promessa. Mesmo com o mijo do menino banhando seu rosto. Mudar de vida? Que coisa mais ridícula! Não podia cair no lugar-comum dos idiotas. Dos medíocres? Nunca mais pensaria nisso. Mudar de vida, mudar de corpo, tudo uma só e única angústia. A angústia que carrega toda mudança. Toda vida. A única decisão verdadeiramente correta e definitiva era a de construir uma obra literária, plena e absoluta, na qual os miseráveis tivessem voz, sem discurso eloquente de comício eleitoral. E onde a Beleza estivesse viva e resplandecente. Literatura não é ciência, é arte, reunião de elementos estéticos.

Conheceu a mulher, Maria Célia, mãe dos filhos, na faculdade, ainda no tempo das passeatas estudantis, em que se encontrava sempre com o Professor, com Sílvio Soares, o boêmio erudito, com Tarcísio Meira César, o poeta da terra estranha, e com Sérgio Moacir de Albuquerque, romancista dos murais e do Recife de lama e luto. Conversavam nos corredores, nas salas de aula e no pátio, desviando-se, inevitavelmente, para os bares das redondezas — muita cerveja, carne e queijo —, ou para as reuniões nas quais decidiam passeatas, discursos políticos e greves.

A Avenida Conde da Boa Vista, o centro cultural e econômico do Recife, regurgitava de gente, estudantes carregando faixas, cantando e dançando, pedindo liberdade e criticando a ditadura instalada no país pelos militares, desde 1964. Horas de prazer e pânico diante dos cassetetes e das baionetas, enfrentando patas de cavalos e balas, facões, revólveres. No mínimo, um murro no rosto ou um tapa na cabeça, chutes por todo o corpo e gritos de playboy safado. Fugiam para apartamentos dos amigos, nus e bêbados, celebrando a revolução dos pobres e oprimidos sufocados pela fome e pela injustiça.

Na velhice, abatidos e tristes, vencidos pela relação difícil e lenta, tiveram que se separar sem nenhuma conquista política ou social, assistindo ao triunfo da banalidade, até que o Escritor viu a luz numa sala de aula da oficina literária, a luz que o encanta e enternece: Marilena, a companheira de todos os dias, possuidora de um afeto encantador, poeta e médica. Também revolucionária a seu modo, solidária com a dor dos injustiçados, sem perder de vista a realização pessoal, em absoluta cumplicidade com o social.

O Escritor começa uma existência plena de amor e de busca, com a sensação de vida que se inventa, que se inaugura, que se inicia aos quase setenta anos. E é esta sensação de começo, de maravilhosa infância, que o impulsiona para a realização, para a procura do perfeito, para a concretização definitiva da obra literária.

O corpo e *la nave*

— O senhor agora vai mudar de corpo.

A cuidadora diz, e o Escritor olha pela janela para ver o Homem Gordo, o Homem Magro, o Anão, o Velho e a Mulher Grávida, sob o comando de *La Violetera*, vestindo-se de descobridor português, o enorme penacho vermelho compondo o chapéu na cabeça, a roupa azul apertada, sufocando os seios fartos. Ela comanda a revolução dos mendigos que começa a se realizar na cidade tomada pelas águas, de uma chuva que há três dias desaloja os moradores nas margens do Capibaribe e do Beberibe, invade ruas e avenidas, sobe nos morros e nos alagados, nas praças e nas calçadas, interrompe o trânsito, derruba pontes. A cidade se esvai.

A chuva, ameaça tantas vezes repetida, no inverno ou no verão, começou num fim de tarde, de leve, salpico solitário em calçada quente, para se avolumar no princípio da noite e adquirir força e valentia pela madrugada, desdobrando-se em rolos grossos de água que arrastavam lixo, sacos e animais na manhã do outro dia. E foi subindo, subindo, subindo, a esconder portas e janelas. O Recife sempre naufragando no dilúvio, e com ele, os pobres, os miseráveis, socorridos por *La Violetera* e seu Clube de Desgraçados, dispostos a dividir esmolas.

O Escritor contempla a barca e se pergunta como *La Violetera* fora aparecer ali, tanto tempo desaparecida, tanto tempo esquecida, talvez preparando, no silêncio de assassina e guerrilheira, a revolução dos miseráveis. Todos aqueles homens e mulheres saindo da lama para ocupar a cidade, sem balas e sem peixeiras. A revolução pacífica dos famintos, da sede e da necessidade.

Da sala do apartamento onde faz fisioterapia e não se preocupa mais com a pressão alta que pode derrotá-lo para sempre, escuta *La Violetera* gritar, gritar e cantar:

La nave, la nave dos miseráveis está, está a entrar na tua casa... São eles, os miseráveis que se levantam... *La nave, la nave*...

E toda essa gente da barca — os gordos, os magros, os anões — perde o ar hostil que tinha antes, na ameaça da morte e do assassinato para se preocupar com a salvação das águas. Podem morrer, mas é preciso que todos estejam juntos. Eternamente juntos.

Nos dias passados sentia-se acuado, perseguido pelo Homem Gordo, pelo Homem Magro, pelo Anão e pela Mulher Grávida, e sobre ele os morcegos, as andorinhas, as aranhas, as fezes... numa teia preparada para assassiná-lo. Sentira gosto de sangue na boca e escutara tiros de revólver, de escopeta, de espingarda, escondendo-se atrás dos postes e das árvores, voltando rápido para casa.

Agora não pode mais se mover, a não ser nos leves exercícios da fisioterapia, que nem são de fato exercícios. Chegara a ouvir da fisioterapeuta:

— Nunca chame de exercícios, apenas de fisioterapia. Quem faz exercícios são os atletas.

— E como digo, então?

— Diga: faço fisioterapia. Não caia na ignorância de dizer: faço exercícios de fisioterapia. Não mesmo. Acho que o senhor entende, não é? Isso é definitivo.

Claro que era definitivo. Nunca mais diria besteira. Basta. Não pode se mover, mas, mais tarde, tentará um movimento breve, com ajuda de bengala ou de muleta. Sem liberdade, sem qualquer liberdade, e isso não pode ser mais devastador. Sequer pode chegar à janela. Olha para longe, dali de perto da cadeira, de onde a cuidadora fala e revela coisas às vezes incompreensíveis.

Prefere baixar a cabeça e ouvir, ouvir e obedecer, obedecer sempre, porque sente-se irritado, irritado e triste, triste e zangado, porque está impossibilitado de reagir.

Frequentemente se sente deslocado no tempo, sem conseguir pensar, organizar as ideias, tonto, talvez seja mesmo um zumbi.

Também lhe é devastador o remédio que toma para as dores na coluna. Passa o dia inteiro desorientado, cumprindo tarefas apenas por cumprir. E sem sentir quase nada. Tem a sensação de que está novamente cego. Não a cegueira da visão, mas a cegueira dos sentimentos, esta espécie mesma de cegueira que lhe tira a sensação de viver. Porque viver não pode ser isto. Essa confusão mental e essa sensação esquisita de não sentir os dedos da mão. A mão esquerda também foi atingida pelas sequelas do AVC, os dedos enrijeceram, não os sente, quase, mesmo quando abre a mão e sustenta alguma coisa, sem força, sem agilidade. Sem sentimento. A pele não sente nada, mesmo quando o tendão dói. Por isso escreve com um só dedo no teclado — o indicador da mão direita. Como se fossem dois — um que sente e outro que espera o sentimento. Terá que ir ao neurologista, mas o neurologista nunca pode recebê-lo, está sempre muito, muito ocupado.

E os olhos — os olhos começam a ficar enevoados, sobretudo o esquerdo, justo o lado esquerdo mais atingido. Dificulta a leitura, a escrita, não suportará mais um dia se não puder ler. Nem imagina ficar sem a vista. E olha insistentemente para a rua, que nem mesmo é mais rua na verdade é uma imensa piscina onde desliza *la nave* com os seus tripulantes, em meio aos gritos de socorro, de ajuda, a mergulhos irrompantes e cantares distantes. Em meio às águas surgiriam os mendigos ocupando a cidade? Espicha os olhos, assustado, assustadíssimo. A cidade naufraga nas águas lamacentas? Tenta ver e imaginar. Teme escrever, porque não vê as palavras: ele as sente. Na tela do computador, enquanto escreve, se é que se pode mesmo chamar isso de escrever, sente as palavras fugindo, o pulso desaparece, desaparecem as palavras e as teclas, pode desabar a qualquer momento. Some *La Violetera* e some *la nave*. E somem os homens, o Gordo e o Magro, o Velho e o Anão, a Mulher Grávida... e sabe, somente pelos ouvidos, sabe que uma barca, outra barca, conduzindo uma orquestra de frevo, entra na praça... toda ela ocupada pelas águas.

E as palavras somem, e as palavras desaparecem... Sem as palavras não poderá se salvar. Ouve os cantares, o cantar sobe, *la nave* sobe com as águas do Recife... A noite selvagem abre sua boca de dragão aquático...

La nave naufraga naquelas águas nojentas, *la nave* segue os segredos das sombras severas e sujas. *La nave...* Quem poderá salvá-lo? *La nave* salvará o Escritor das sombras severas, sujas. Salvará?

Recife, primavera de 2014

Este livro foi composto na tipologia Minion Pro
Regular, em corpo 12,5/18, e impresso em
papel off-white 90g/m² no Sistema Cameron da
Divisão Gráfica da Distribuidora Record.